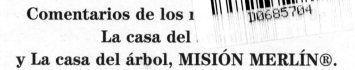

Comentarios de los ~~n~~
La casa del ~~...~~
y La casa del árbol, MISIÓN MERLÍN®.

¡Gracias por escribir estos maravillosos libros! He aprendido mucho sobre historia y el mundo que me rodea. —Rosanna

La casa del árbol *marcó los últimos años de mi infancia. Con sus riesgosas aventuras y profunda amistad, Annie y Jack me enseñaron a tener valor y a luchar contra viento y marea, de principio a fin.* —Joe

¡Las descripciones son fantásticas! Tienes palabras para todo, salen a borbotones, ¡oh, cielos!... ¡La casa del árbol *es una colección apasionante!* —Christina

Me gustan mucho tus libros. Me quedo despierto casi toda la noche leyéndolos. ¡Incluso los días que tengo clases! —Peter

¡Debo de haber leído veinticinco libros de tu colección! ¡Leo todas las aventuras de La casa del árbol *que encuentro!* —Jack

Jamás dejes de escribir. ¡¡Si ya no tienes más historias que contar, no te preocupes, te presto mis ideas!! —Kevin

¡Los padres, maestros y bibliotecarios también adoran los libros de La casa del árbol®!

En las reuniones de padres y maestros, La casa del árbol es un tema recurrente. Los padres, sorprendidos, cuentan que, gracias a estos libros, sus hijos leen cada vez más en el hogar. Me complace saber que existe un material de lectura tan divertido e interesante para los estudiantes. Con esta colección, usted también ha logrado que los alumnos deseen saber más acerca de los lugares que Annie y Jack visitan en sus viajes. ¡Qué estímulo maravilloso para hacer un proyecto de investigación! —Kris L.

Como bibliotecaria, he recibido a muchos estudiantes que buscan el próximo título de la colección La casa del árbol. Otros han venido a buscar material de no ficción relacionado con el libro de La casa del árbol que han leído. Su mensaje para los niños es invalorable: los hermanos se llevan mejor y los niños y las niñas pasan más tiempo juntos. —Lynne H.

A mi hija le costaba leer pero, de alguna manera, los libros de La casa del árbol la estimularon para dedicarse más a la lectura. Ella siempre espera el nuevo número con gran ansiedad. A menudo la oímos decir entusiasmada: "En mi libro favorito de La casa del árbol leí que…". —Jenny E.

Cada vez que tienen oportunidad, mis alumnos releen un libro de La casa del árbol *o contemplan los maravillosos dibujos que allí encuentran. Annie y Jack les han abierto la puerta al mundo de la literatura. Y sé que, para mis estudiantes, quedará abierta para siempre.* —Deborah H.

Dondequiera que vaya, mi hijo siempre lleva sus libros de La casa del árbol. *Jamás se aparta de su lectura, hasta terminarla. Este hábito ha hecho que le vaya mucho mejor en todas sus clases. Su tía le prometió que si él continúa con buenas notas, ella seguirá regalándole más libros de la colección.* —Rosalie R.

LA CASA DEL ÁRBOL® #32
MISIÓN MERLÍN

El invierno del Hechicero del Hielo

Mary Pope Osborne

Ilustrado por Sal Murdocca

Traducido por Marcela Brovelli

LECTORUM
PUBLICATIONS, INC.

Spanish translation©2016 by Lectorum Publications, Inc.
Originally published in English under the title
WINTER OF THE ICE WIZARD
Text copyright©2004 by Mary Pope Osborne
Illustrations copyright ©2004 by Sal Murdocca
This translation published by arrangement with Random House Children's Books,
a division of Random House, Inc.

MAGIC TREE HOUSE®
Is a registered trademark of Mary Pope Osborne, used under license.

Cataloging-in-Publication Data has been applied for and may be obtained from the Library of Congress.
....
ISBN 978-1-63245-535-2
Printed in the U.S.A
10 9 8 7 6 5 4 3 2 1

Para Sal Murdocca,
hechicero de un arte asombroso.

Queridos lectores:

"*El invierno del Hechicero del Hielo*" es el cuarto libro de "*Misión Merlín*", de la colección La casa del árbol. *En estas cuatro aventuras, el mago Merlín es el encargado de enviar a Annie y a Jack a tierras legendarias, en la pequeña casa mágica.*

En la primera "Misión Merlín", Navidad en Camelot, Annie y Jack viajan al Otro Mundo, en busca de un caldero mágico, que contiene el Agua de la Imaginación y la Memoria. En Un castillo embrujado en la noche de Halloween, ambos deben, con la ayuda de Teddy, rescatar el Diamante del Destino, desaparecido de su escondite. En El verano de la serpiente marina, Jack y Annie viajan a una playa encantada, para buscar la Espada de la Luz, también con la ayuda de Teddy y de una niña llamada Kathleen.

Hoy, en el primer día del invierno, Annie y Jack están a punto de partir a una nueva misión mágica. Antes de irse, quieren invitarte a ti, pero no olvides llevar ropa abrigada y botas para la nieve. Visitarás un lugar muy frío donde suceden cosas muy extrañas...

ÍNDICE

Las cadenas caerán
y el lobo, libre, correrá.
Guardo secretos en mí,
pronto la luz verán.

—Poema de *Edda poética*

CAPÍTULO UNO

Solsticio de invierno

Un viento frío golpeó la ventana. Pero, en la casa, el ambiente era cálido y agradable. Jack y Annie estaban haciendo galletas con su mamá. Jack colocó el molde de galletas sobre la masa e hizo una estrella.

—Miren, está nevando —dijo Annie.

Jack se acercó a la ventana y contempló los enormes copos de nieve, con los últimos reflejos del atardecer.

—¿Quieres ir afuera? —preguntó Annie.

—Mejor no, pronto oscurecerá —respondió él.

—Muy bien —dijo la madre —. Hoy empieza el invierno y es el día más corto del año.

El corazón de Jack se aceleró.

—¿Quieres decir que es el *solsticio de invierno?* —preguntó.

—Sí —contestó su madre.

—¿El solsticio de invierno? —preguntó Annie exaltada.

—Sí... —respondió su madre con intriga.

Annie y Jack se miraron. El verano anterior, el mago Merlín los había convocado en el solsticio de *verano.* ¡Era probable que los necesitara otra vez!

Jack dejó el molde de galletas y se limpió las manos.

—Mamá, sería divertido jugar un rato en la nieve —agregó.

—Como quieran —dijo la madre—. Pero abríguense; yo terminaré con las galletas.

—¡Gracias! —contestó Jack. Él y su hermana corrieron a sus habitaciones en busca de botas para la nieve, chaquetas, bufandas, guantes y gorros.

—Vuelvan antes de que oscurezca —dijo su madre.

—¡Lo haremos! —exclamó Jack.

—¡Adiós, mamá! —gritó Annie.

Los dos salieron de la casa al frío invernal y corrieron por la nieve del jardín en dirección al bosque de Frog Creek.

Cuando llegaron a la entrada de la extensa arboleda, Jack se detuvo. Extasiado, contempló los pinos y abetos cubiertos por la nieve.

—Mira —dijo Annie, señalando dos caminos de huellas que llegaban a la calle y, de allí, al interior del bosque—. Parece que alguien anduvo por aquí.

—Sí, salieron del bosque y volvieron a entrar —comentó Jack—. ¡Apurémonos!

Si la casa del árbol había regresado, no quería que otras personas la encontraran.

Avanzaron rápidamente siguiendo las huellas.

—¡Espera! —dijo Annie. Agarró a su hermano de un brazo y se escondieron detrás de un árbol—. ¡Mira! ¡Allá!

A través de la intensa nieve, Jack divisó a dos personas vestidas con capas oscuras que se acercaban, veloces, a un roble muy alto. Y en la copa, ¡estaba la casa del árbol!

—¡Oh, no! —exclamó Jack.

¡La casa del árbol había *vuelto!* ¡Pero alguien la había encontrado primero!

—¡Oigan! —gritó él—. ¡Deténganse! —La casa del árbol estaba esperándolos a él y a su hermana, ¡a nadie más!

Jack empezó a correr y Annie lo siguió. Jack resbaló y se cayó en la nieve pero, en seguida, se puso de pie y siguió corriendo. Cuando llegaron al roble, los dos extraños ya habían subido por la escalera colgante.

—¡Salgan de ahí! —vociferó Jack.

—¡La casa del árbol es *nuestra!* —gritó Annie.

Por la ventana, se asomaron una niña y un niño. Ambos parecían más o menos de trece años. El niño, de rostro pecoso, tenía el pelo todo enmarañado.

Los ojos de la niña eran azules como el mar y el cabello negro y ondulado. Ambos tenían las mejillas rojas por el frío. Al ver a Annie y a Jack, sonrieron.

—¡Excelente! —exclamó el niño—. Vinimos a buscarlos, pero ustedes nos han encontrado.

—¡Teddy! —gritó Annie—. ¡Hola, Kathleen!

Teddy era un joven mago que trabajaba en la biblioteca de Morgana, en Camelot. Kathleen era una encantadora niña selkie que, para ayudar a Annie y a Jack, los había convertido en foca en el solsticio de verano.

Jack no salía del asombro. Jamás había imaginado que sus dos amigos de Camelot visitarían algún día Frog Creek.

—¿Qué hacen ustedes dos aquí? —gritó.

—Sube y te diremos —contestó Teddy.

Annie y Jack subieron rápidamente por la escalera colgante. Cuando entraron en la pequeña casa de madera, Annie abrazó a sus amigos.

—¡No puedo creer que hayan venido a visitarnos! —dijo.

—El placer es mío, Annie —contestó Kathleen—. También estoy feliz de verte a ti, Jack.

—Los enormes ojos azules de la niña selkie brillaron como dos luceros.

—Yo también me alegro de verte —respondió Jack, tímidamente. Kathleen seguía siendo la niña más hermosa que había visto en la vida. Incluso dentro de su piel de foca, se veía bellísima.

—Estábamos buscándolos a ustedes —explicó Teddy—. Atravesamos el bosque y llegamos a una calle.

—¡Pero estaba llena de monstruos! —dijo Kathleen—. ¡Una criatura gigante, de color rojo, casi nos pasa por encima! ¡Y para que nos apartáramos, hizo un ruido espantoso!

—Después, apareció otro monstruo negro que se tiró sobre nosotros. Y otra vez... ¡ese horroroso gruñido! —añadió Teddy—. Tuvimos que volver al bosque para calmarnos y pensar qué hacer.

—¡Esos no eran monstruos! —respondió Annie muerta de risa—. ¡Eran autos!

—¿Autos? —preguntó Teddy.

—Sí, funcionan a motor y los maneja la gente —explicó Jack.

—¿Motor? —preguntó Teddy.

—Es difícil de explicar —dijo Annie—. Sólo recuerden esto: en nuestro mundo, para cruzar la calle, hay que mirar a ambos lados.

—Así lo haremos —respondió Teddy.

—¿Por qué vinieron? —preguntó Jack.

—Encontramos un mensaje para ustedes en la alcoba de Merlín y decidimos entregarlo nosotros mismos.

—Salimos de la biblioteca de Morgana y subimos a la casa del árbol —dijo Kathleen—. Teddy señaló las palabras *Frog Creek* en el mensaje y pidió venir aquí. Casi sin darnos cuenta, llegamos al bosque.

Teddy sacó una pequeña piedra gris del bolsillo de su capa.

—Y éste es el mensaje que les hemos traído —dijo.

Jack agarró la piedra.

El texto estaba escrito en letra pequeña. Jack
leyó en voz alta:

> Para Annie y Jack, de Frog Creek:
> Mi Báculo de la Fuerza ha desaparecido.
> Para recuperarlo, deberán ir a
> "Detrás de las nubes" en el solsticio
> de invierno. Viajen hacia la puesta de sol
> y traigan mi báculo, o todo se perderá
> para siempre.
> Merlín

—¡Uau! —exclamó Annie—. Eso parece bas-
tante serio.

—Sí —añadió Jack—. Pero, ¿por qué Merlín
no nos dio el mensaje personalmente?

—No lo sabemos —dijo Teddy—. Hace días
que no lo vemos ni a él ni a Morgana.

—¿Adónde fueron? —preguntó Annie.

—Es un misterio —contestó Teddy—. La
semana pasada viajé a la ensenada selkie para

llevar a Kathleen a Camelot. Ella será asistente en la biblioteca de Morgana. Pero cuando regresamos, no encontramos a ninguno de los dos.

—Sólo encontramos el mensaje para ustedes —dijo Kathleen.

—Y a mí se me ocurrió que, a su regreso, Merlín estaría muy agradecido de reencontrarse con su báculo. Gran parte de su poder viene de la antigua y misteriosa magia de su bastón —explicó Teddy.

—¡Uau! —exclamó Annie.

—En este mensaje, Merlín nos dice que viajemos a "Detrás de las nubes" —dijo Jack—. ¿Dónde queda eso?

—Queda muy al norte de nuestra ensenada —contestó Kathleen—. Jamás llegué hasta allí.

—Yo tampoco —agregó Teddy—. Pero en la biblioteca de Morgana leí algo acerca del lugar. Es un desierto sombrío y congelado. No veo la hora de ir a conocerlo.

—¿Entonces tú y Kathleen vendrán con nosotros? —preguntó Annie.

—¡Así es! —confirmó Kathleen.

—¡Fantástico! —dijeron Annie y Jack a la vez.

—Si nos unimos, lograremos cualquier cosa —dijo Teddy.

—¡Sí! —exclamó Annie.

"*Espero que sí*", pensó Jack.

Annie señaló las palabras *"Detrás de las nubes"*.

—Bueno, ¿están listos? —preguntó.

—¡Sí! —respondió Kathleen.

—Creo que sí —contestó Jack.

—¡Adelante! —exclamó Teddy.

—¡Queremos ir a este lugar! —dijo Annie.

La casa del árbol empezó a girar.

Más y más rápido cada vez.

Después, todo quedó en silencio.

Un silencio absoluto.

CAPÍTULO DOS

Detrás de las nubes

Jack sintió el viento helado como un azote. Todos se asomaron a la ventana.

—¡Oh, cielos! —exclamó Jack.

Esta vez, la casa del árbol había aparecido encima de una empinada loma de nieve porque no había ningún árbol a la vista. Tan sólo montículos nevados sobre una planicie cubierta de nieve y, un poco más lejos, altas colinas y montañas.

—Los libros tenían razón —afirmó Teddy rechinando los dientes—. Esto es desolador.

—No, es hermoso —agregó Kathleen—. Ésta es la tierra de los selkies del norte.

—Genial —dijo Annie.

Jack se puso las manos en los bolsillos. Igual que Teddy, él también pensaba que el lugar era gélido y deprimente.

—¿Dónde estará el Báculo de la Fuerza? —dijo temblando.

—¡Empecemos la búsqueda! —sugirió Kathleen—. Según Merlín, hay que ir hacia la puesta de sol.

La bella selkie salió por la ventana de la casa mágica. Se cubrió con la capa y se sentó sobre la loma de nieve. Luego, cogió impulso y se deslizó por la pendiente.

—¡Uau! ¡Espérame! —exclamó Annie. Rápidamente, salió por la ventana y siguió a Kathleen. Gritando de emoción, se lanzó cuesta abajo. —¡Vengan, chicos! ¡Esto es muy divertido! —vociferó.

Jack y Teddy se miraron.

—¿Vamos? —dijo Teddy. Jack asintió con la cabeza. Se ajustó la bufanda y salió por la ventana detrás de su amigo.

Se sentaron uno al lado del otro y se deslizaron juntos por la loma de nieve. Jack no podía dejar de gritar. Para él también era muy divertido.

Al pie de la loma, se pararon de un salto. Jack se sacudió la nieve de la ropa. Con el aire tan helado, parecía que le salía humo de la boca al respirar.

—Hace un poco de frío acá —dijo Annie abrazándose para entrar en calor.

Al parecer, la única a la que no le importaba el frío era a Kathleen. Acostada sobre la nieve, miraba el cielo muy sonriente.

"*Seguro que su espíritu de foca le da calor*", pensó Jack con un poco de envidia.

Teddy observó el desierto nevado.

—Creo que somos los únicos seres vivos aquí —comentó.

—Eso no es cierto —añadió Kathleen señalando hacia arriba—. Yo veo gansos y cisnes silbadores.

—Creo que los veo —añadió Annie.

Kathleen se puso de pie. Con la mano, se protegió de la luz y observó el desierto. El frío sol, que ya empezaba a ocultarse, proyectaba largas sombras azules sobre las lomas de nieve.

—Miren esa liebre blanca que corre a su cueva antes de que oscurezca —dijo mientras señalaba hacia lo lejos.

Jack observó la planicie blanca pero todo estaba inmóvil.

—Y también veo un búho —agregó Kathleen—. Y un... ¡ay, no!

—¿Qué pasa? —preguntó Annie.

—Lobos —dijo la niña selkie temblando—. Acaban de esconderse detrás de la loma. Mi gente les tiene mucho miedo.

—No temas, yo te protegeré —dijo Teddy agarrando a Kathleen de la mano—. ¡Vamos, rápido, hacia el sol!

Con el viento agitándoles la capa de lana, los dos emprendieron la marcha por el desierto nevado. Annie y Jack se metieron las manos en los bolsillos y siguieron a sus amigos.

A medida que avanzaban, el sol se acercaba más y más a la línea del horizonte, y sus últimos rayos bañaban la nieve con una tenue luz rosa y violeta.

El viento azotaba la cara de Jack pero siguió adelante, mirando hacia abajo. El frío le calaba los huesos y hasta le dolía respirar. Su único deseo era encontrar el Báculo de la Fuerza lo antes posible. Le costaba creer que alguien pudiera sobrevivir en esa tierra helada y solitaria.

De repente, un grito de Annie distrajo a Jack y lo hizo levantar la vista. El sol se había ocultado por completo detrás del horizonte. El crepúsculo había teñido la nieve con oscuros matices azules.

—¡Jack, ven! ¡Mira esto! —gritó Annie parada junto a Teddy y a Kathleen, sobre la pendiente de una inmensa loma de nieve.

De inmediato, Jack se acercó a ellos.

—¡Mira! —dijo Annie.

—¡Uau! —murmuró Jack.

Al otro lado de la loma, había un sombrío palacio hecho con enormes bloques de hielo.

Bajo la luna, las agujas brillantes de las torres punzaban el crepúsculo azul.

—¿Quién vivirá ahí? —preguntó Jack.

—¡Vamos a averiguarlo! —sugirió Teddy.

Los cuatro avanzaron cuesta abajo hacia el palacio de hielo. Al llegar a la entrada, observaron los largos carámbanos, que parecían lanzas colgantes.

—Parece que este lugar está abandonado —comentó Kathleen.

—Así es —agregó Teddy. Apartó varios carámbanos de hielo, que cayeron estruendosamente. —¡Adelante! —dijo.

Los demás asintieron con la cabeza.

Teddy pateó los bloques de hielo de la entrada para que sus amigos pudieran entrar al gélido palacio.

CAPÍTULO TRES

El Hechicero del Hielo

Adentro del palacio, el aire estaba más frío que afuera. La luz de la luna entraba por los altísimos arcos y se proyectaba sobre las paredes. El piso brillaba como una pista de patinaje. Columnas gruesas de hielo destellante sostenían el techo abovedado.

—BIENVENIDOS, ANNIE Y JACK —Una voz retumbó por detrás de las columnas.

—¿Es Merlín? —murmuró Jack.

—No parece su voz —susurró Teddy.

—Pero, ¿cómo sabe nuestros nombres? —susurró Annie.

—VENGAN, ESTABA ESPERÁNDOLOS —rugió la voz.

—¡Tal vez sí es Merlín! —comentó Annie—. Quizá está usando otra voz. ¡Ven!

—¡Espera, Annie! —gritó Jack. Pero ella ya había entrado en la brillante habitación.

—Tenemos que seguirla —les dijo Jack a sus amigos.

Los tres siguieron a Annie. Detrás de las columnas, se encontraron con los escalones tallados de una plataforma. Y sobre ésta, un hombre robusto, de larga barba blanca aguardaba sentado en su trono.

Definitivamente, el hombre vestido con una túnica raída y sucia no era Merlín. Tenía el rostro endurecido y arrugado, y un parche negro en un ojo. De pronto, se inclinó hacia adelante y, enfurecido, miró a Annie.

—¿Quiénes son *ustedes?* Yo esperaba a Annie y a Jack de Frog Creek —exclamó.

Annie se acercó al trono.

—Yo soy Annie y él es Jack —dijo—. Y estos son nuestros amigos, Teddy y Kathleen. Venimos en son de paz.

—¿*Annie*? ¿*Jack*? —resopló el hombre—. No, no es verdad. ¡Ustedes son pequeños!

—¡No! Yo tengo nueve años y mi hermano diez.

—Pero, son niños —agregó el hombre con tono burlón—. ¿Acaso son héroes?

—Bueno, no sé si seremos exactamente eso. Pero hemos ayudado muchas veces a Merlín y a Morgana le Fay.

—¡Shhh, Annie! —exclamó Jack, pues desconfiaba del hombre sentado en el trono. No quería que su hermana hablara de más.

Pero Annie continuó hablando.

—En realidad, fue Merlín quien nos pidió que viniéramos a "Detrás de las nubes" hoy —explicó—. Nos dejó un mensaje en una piedra.

—Ah... —exclamó el hombre—. Quizá ustedes sí sean Annie y Jack. —Luego, se inclinó hacia adelante y habló en voz baja:

Para Jack y Annie, de Frog Creek:

Mi Báculo de la Fuerza ha desaparecido. Para recuperarlo, deberán viajar a "Detrás de las nubes" en el solsticio de invierno. Viajen hacia la puesta de sol y traigan mi báculo o todo se perderá para siempre.

Jack estaba confundido.

—¿Cómo…? —quiso preguntar.

—¿No entienden cómo hice para saber el mensaje de Merlín? —preguntó el hombre—. ¡Lo escribí yo mismo con la esperanza de que llegara a ustedes de alguna forma!

Jack retrocedió. Entonces, quien los había mandado a aquella misión no había sido Merlín. ¡El hombre del trono los había engañado!

—¿Quién es usted? —reclamó Teddy.

—Soy el Hechicero del Hielo —respondió el hombre—. El Hechicero del Invierno.

Teddy tragó saliva.

"¡*Oh, no!*", pensó Jack. Ya habían oído hablar de aquel hechicero en las misiones de Merlín. ¡El Hechicero del Hielo había sido quien hechizó al Rey Cuervo y robó la Espada de la Luz!

El hechicero lanzó una fría mirada a Teddy y a Kathleen.

—¿Y ustedes dos quiénes son? —preguntó.

—Yo soy Teddy, de Camelot —contestó él—. Soy aprendiz de Morgana le Fay. Estoy estudiando para ser mago.

—¿Mago? —preguntó el hechicero.

—Sí —respondió Teddy—. Como mi padre. Mi madre era un espíritu de los bosques.

—Y yo soy una selkie —agregó Kathleen—. Un antiguo pueblo de hombres y mujeres foca.

—Entonces, ustedes dos pertenecen a *mi* mundo —afirmó el Hechicero del Hielo—. No podrán ayudarme —Y volvió a mirar a Annie—.

Estoy interesado en dos mortales en particular, Jack y Annie de Frog Creek.

—¿Por qué necesita que lo ayudemos? —preguntó Jack.

—Por todo lo que han hecho para Merlín. Hallaron el Agua de la Memoria y la Imaginación, el Diamante del Destino, la Espada de la Luz. Y, ahora, quiero que ustedes busquen algo para *mí*.

—¿De qué se trata? —preguntó Annie.

El Hechicero del Hielo se quitó el parche negro que llevaba sobre el ojo izquierdo y dejó la cuenca vacía al descubierto.

—¡Ay! —exclamó Annie por lo bajo.

—Quiero que encuentren mi ojo —dijo el hechicero.

—¡Cielos! —añadió Jack horrorizado.

—¿Habla... en serio? —preguntó Teddy—. ¿Quiere que ellos busquen su ojo?

El hechicero se volvió a poner el parche.

—Sí. Quiero que Annie y Jack busquen mi ojo y me lo traigan —contestó.

—Pero, ¿para qué? —preguntó Jack—. Igualmente, si lo encontráramos, ¿qué podríamos hacer nosotros? No somos médicos.

—Pero, ¡si usted es mago! ¿Por qué no va a buscarlo? —preguntó Annie.

—NO CUESTIONES MIS ÓRDENES, NIÑA —rugió el hechicero.

—¡No le grite a mi hermana! —dijo Jack.

—¿Ustedes son hermanos? —preguntó el hechicero enarcando las cejas.

—Sí —respondió Jack.

El hechicero sacudió la cabeza lentamente.

—Y tú proteges a tu hermana —agregó en un tono más suave.

—Nos protegemos mutuamente —dijo Jack.

—Ya lo veo —susurró el hechicero. Luego, alzó la voz otra vez. —Hace mucho tiempo, cambié mi ojo por algo que deseaba tener pero nunca pude obtenerlo. Así que quiero volver a tener mi ojo.

—¿A quién se lo dio? —preguntó Annie.

—¡A las Moiras! —contestó el hechicero—. ¡Pero ellas me engañaron! Por eso los busqué a ustedes, para que vayan a buscar mi ojo. Pero deben ir solos.

—¿Por qué? —preguntó Jack.

—Porque sólo los mortales pueden deshacer un acuerdo con las Moiras —explicó el Hechicero del Hielo—. No un mago como yo, ni niñas focas, ni hijos de hechiceros como sus dos amigos.

—Pero Jack y yo tuvimos éxito en las misiones porque Teddy y Kathleen o Morgana y Merlín nos ayudaron —contestó Annie.

—¿Qué clase de ayuda les dieron? —preguntó el hechicero.

—Más que nada rimas mágicas y acertijos —comentó Annie.

—Ah, entonces tendré que hacer lo mismo —agregó el hechicero. Pensó por un momento y, desde su trono, se inclinó hacia adelante y dijo con voz gruñona:

Llévense mi trineo
para iniciar su travesía
hacia la casa de las Nornas,
sobre la curva de la bahía.

Paguen el precio
que ellas les pidan
y traigan mi ojo,
justo al despuntar el día.

El hechicero buscó entre los pliegues de su túnica raída y sacó una cuerda gruesa que tenía una hilera de nudos.

—Esta cuerda les dará velocidad en el viaje —dijo. Y se la dio a Jack.

"*¿Para qué servirá esta cuerda?*", se preguntó Jack. "*¿Quiénes serán las Nornas?*".

Antes de que Jack pudiera preguntar algo, el Hechicero del Hielo lo miró.

—Ahora, escuchen este consejo con mucha atención —dijo—. Tengan mucho cuidado con los lobos blancos de la noche. Es posible que los persigan. Si se dejan alcanzar por ellos, ¡se convertirán en su comida!

Jack sintió un escalofrío en la espalda.

El Hechicero del Hielo levantó del suelo un lustroso palo de madera tallada que brillaba intensamente con la luz de la luna.

—¡Ése es el Báculo de la Fuerza de Merlín! —dijo Teddy con un hilo de voz.

—¡Así es! —confirmó el hechicero mirando a Annie y a Jack—. Ahora vayan y encuentren mi ojo o jamás volverán a ver a Merlín y a Morgana le Fay.

—¿Qué hizo con ellos? —gritó Annie.

El hechicero miró a Annie con frialdad.

—No te lo diré —respondió—. *Sólo* volverán a verlos si traen mi ojo antes del amanecer.

—Pero… —dijo Annie.

—¡Eso es todo! —afirmó el hechicero—. Ahora, ¡deben partir! —Antes de que Annie o Jack pudieran decir algo, el hombre del parche alzó el Báculo de la Fuerza y, en voz alta, pronunció un hechizo: "¡BÚH-NOCHRO!".

De la punta del báculo salió una llamarada de fuego azul. Y, en menos de un segundo, Annie, Jack, Teddy y Kathleen se encontraron fuera del palacio, en medio de la noche helada.

CAPÍTULO CUATRO

Llévense mi trineo

Jack se sentó sobre la nieve. Annie, Teddy y Kathleen descansaron junto a él. Los cuatro estaban tan abrumados que no podían hablar. La noche estaba serena, la luna brillaba con fuerza y algunas estrellas titilaban en el cielo.

Finalmente, Annie rompió el silencio.

—¿Dónde estarán Merlín y Morgana? —preguntó.

—¿Dónde estará el ojo del hechicero? —agregó Teddy.

—Y ¿cómo lo traeremos? —agregó Jack.

—¿Los lobos andarán por aquí? —añadió Kathleen. Se puso de pie y miró a su alrededor ajustándose la capa.

—Bueno, ¿alguien recuerda la rima del Hechicero del Hielo? —preguntó Teddy.

—Sí —respondió Kathleen. Y recitó toda la rima de memoria:

Llévense mi trineo
para iniciar su travesía
hacia la casa de las Nornas,
sobre la curva de la bahía.
Paguen el precio
que ellas les pidan
y traigan mi ojo,
justo al despuntar el día.

—¿Qué son las Nornas? —preguntó Jack.

—Leí acerca de ellas en los libros de Morgana. También las llaman "Las Hermanas del Destino". Pasan sus días hilando enormes tapices que deciden la vida de los habitantes de "Detrás de las nubes" —explicó Teddy.

—Entonces, ¿las Nornas tienen el ojo? —preguntó Jack—. ¿El hechicero hablaba de ellas cuando dijo que se lo había dado a las Moiras?

—Parece que sí —contestó Teddy.

—Dijo que nos lleváramos su trineo. ¿Dónde estará? —preguntó Annie.

—Miren... ¡Allá! —indicó Kathleen.

—¡Uau! —exclamó Annie.

Un extraño trineo plateado y con lustrosos esquíes avanzaba como un pequeño barco silencioso desde un montículo de nieve. Nadie lo conducía. Ningún reno o caballo tiraba de él. Y en el mástil se veía una vela blanca que la brisa agitaba suavemente.

Cuando el trineo se detuvo, un aullido escalofriante hizo añicos la paz de la noche.

—¡Lobos! —gritó Teddy—. ¡Tenemos que apurarnos!

Kathleen agarró a su amigo del brazo.

—Si corres, te seguirán —dijo la niña selkie.

—Lo sé. Será mejor no demostrarles temor —agregó Teddy.

Otro aullido desgarró el aire.

—¡Corran! —gritó Teddy.

Los cuatro huyeron por el desierto nevado y subieron al trineo. Jack y Kathleen ocuparon el frente; Teddy y Annie se pusieron en la parte de atrás—.

—¡Ahí vienen los lobos! —dijo Teddy señalando hacia atrás—.

Jack se dio la vuelta y vio a dos enormes lobos blancos que atravesaban a toda velocidad la blanca llanura iluminado por la luna, lanzando nieve con las garras en todas las direcciones.

—¡Vamos, vamos! —gritó Jack, agarrando las riendas con firmeza. Pero el trineo no se movió. Y los lobos estaban cada vez más cerca. —Esto no se mueve —gritó.

—¡Usa la cuerda anudada! —indicó Teddy.

Jack sacó del bolsillo la cuerda que le había dado el hechicero.

—¡No sé cómo hay que usarla! —gritó.

—¡Desata un nudo! —gritó Teddy.

Jack se quitó los guantes y los dedos le temblaban. *"Esto es una locura"*, pensó. *"¿Servirá para algo desatar un simple nudo?"*. Pero muy pronto se las arregló para deshacer uno de los nudos.

De la parte trasera del trineo sopló una brisa fría que agitó la vela.

—¡Desata otro nudo! —gritó Teddy—. ¡Rápido!

De inmediato, Jack deshizo el segundo nudo. La brisa sopló más fuerte y la vela empezó a inflarse. Los esquíes brillantes del trineo comenzaron a deslizarse por la nieve.

—¡Grandioso! —exclamó Annie—. ¡Funcionó!

—¡Sí, pero no del todo! —agregó Teddy.

Jack miró hacia atrás. Los dos lobos blancos estaban a un paso de alcanzarlos. Se acercaban corriendo y aullando y sus bocas abiertas mostraban unos afilados dientes.

Rápidamente, Jack desató el tercer nudo. Un viento frío hinchó la vela por completo y el trineo salió disparado.

—¡Agárrense fuerte! —gritó Teddy.

Jack, Annie y Kathleen se agarraron de los bordes del trineo para no caerse. Teddy tomó el timón y condujo a sus amigos por la nieve, alejándose del palacio de hielo.

El trineo del hechicero avanzó como un torpedo por el suelo congelado, dejando atrás a los dos lobos blancos. Sus aullidos sonaban cada vez más lejanos hasta que dejaron de oírse.

El viento siguió empujando el trineo plateado por el hielo. Los enormes esquíes silbaban al deslizarse sobre la nieve. El viento agitaba la vela, que era cuadrada, como la de los barcos vikingos. Con los lobos lejos, el viaje se había tornado divertido, aunque demasiado frío.

—¿Dónde aprendiste que para que el viento sople hay que desatar un nudo? —le preguntó Jack a Teddy.

—Es una magia muy antigua —explicó Teddy—. Había leído acerca de las cuerdas anudadas pero jamás había visto una.

—Qué bueno que hayas leído tanto —comentó Annie.

—¡Miren! —dijo Kathleen—. ¡Liebres y zorros!

—¿Dónde? —preguntó Annie.

—¡Allí! —Kathleen señaló hacia la oscuridad. —¡Están jugando en la nieve! ¿Escuchan eso? ¡Son cisnes! ¡Allí arriba! ¡Detrás de esa nube!

—¡Uau! —exclamó Annie.

Jack estaba asombrado por el don de Kathleen para ver y oír tantas cosas. Para él, el paisaje seguía vacío.

—¿Adónde nos llevas? —le preguntó Annie a Teddy.

—¡No tengo idea! —respondió el aprendiz de mago, riéndose.

—Se supone que tenemos que ir a la curva de una bahía para encontrar a las Nornas —dijo Annie.

—Después tenemos que ir hacia la izquierda y seguir a los cisnes —agregó Kathleen señalando el desierto nevado—. ¡Miren, están volando hacia el mar!

Teddy giró el trineo hacia la izquierda. Por un momento, empezaron a dar tumbos sobre la nieve. Pero la marcha fue suavizándose.

—¡Ahora estamos sobre un mar congelado! —comentó Kathleen—. Debajo de nosotros hay focas. Veo los agujeros que hacen en el hielo para salir a respirar. Deberíamos detenernos.

—¡Así es! —afirmó Teddy, con el trineo a toda velocidad—. Pero, ¿cómo?

—Trata de *hacer* un nudo en la cuerda y funcionará—sugirió Annie.

—¡Excelente idea! —dijo Teddy—. ¿Jack?

Jack se sacó los guantes. Con las manos casi congeladas, hizo un nudo en la cuerda. De pronto, el viento disminuyó un poco y el trineo comenzó a aminorar la marcha.

Jack ató otro nudo y la vela empezó a caer.

—¡Hurra! —gritó Annie.

Con el tercer nudo, el viento cedió por completo y el trineo se detuvo.

—¡Bien hecho! —dijo Teddy.

—Gracias —respondió Jack. Se guardó la cuerda en el bolsillo y miró a su alrededor—. ¿Las Nornas viven aquí?

—Voy a ir a preguntar —dijo Kathleen.

"*¿A quién le preguntará?*", pensó Jack.

Kathleen bajó del trineo y observó el suelo congelado. De pronto, se detuvo junto a un pequeño agujero.

Se arrodilló y, suavemente, habló en idioma selkie. Luego puso el oído sobre el hielo y se quedó esperando.

Un momento después, se puso de pie.

—La foca me dijo que la curva de la bahía queda justo pasando esas rocas marinas —explicó—. Allí encontraremos a las Nornas.

—Genial —dijo Annie.

Los cuatro avanzaron sobre el mar congelado, bajo la luz de la luna. Atravesaron un pasadizo angosto entre las rocas marinas. Cuando salieron del pasadizo, se detuvieron.

—Es allí —dijo Teddy.

A unas cincuenta yardas, un enorme montículo nevado echaba humo por una chimenea. Por una ventana redonda y pequeña se veía el reflejo titilante de un farol.

—Sé que es tarea de ustedes recuperar el ojo del Hechicero del Hielo —comentó Teddy—. Pero me gustaría ver a las Nornas.

En silencio, se acercó a la diminuta casa y espió por la ventana. Los demás lo siguieron. Adentro un gran fuego ardía en la chimenea y, junto al resplandor rojizo, tres criaturas muy extrañas tejían en un enorme telar.

Las tres Hermanas del Destino eran tan delgadas como esqueletos. Tenían el pelo desgreñado, nariz larga y ojos grandes y saltones. Sus dedos, torcidos y huesudos, trabajaban sin cesar en el tapiz.

Por todos lados, se veían pilas de tapices que llegaban hasta el techo.

—Parecen brujas de un cuento de hadas —susurró Annie.

—Sí, pero no lo son —añadió Teddy—. Cada tejido cuenta una vida diferente.

—¡Uau! —exclamó Annie.

—Bueno, les deseo buena suerte —dijo Teddy—. Kathleen y yo los esperaremos aquí, mientras ustedes recuperan el ojo del hechicero.

De repente, un terrible aullido quebró el silencio.

—¡Ayy! —exclamó Annie.

—¡Los lobos! —dijo Kathleen.

Teddy corrió hacia la puerta de la casa.

—¡Todos adentro! —dijo.

Y los cuatro se metieron de golpe en la morada de las Nornas.

CAPÍTULO CINCO

Las Ñornas

Teddy cerró de un portazo, justo delante de las narices de los lobos. Jack estaba sin aliento.

—¡Bienvenidos! —dijeron las Nornas al unísono. Las tres eran iguales. Lo único que las distinguía era el color de sus túnicas: azul, marrón y gris.

—¿Cómo están, Jack, Annie, Teddy y Kathleen? —preguntó la Norna de azul.

—*Ahora* estamos bien —respondió Annie.

Jack no salía del asombro; las Nornas sabían sus nombres. Pero a pesar de su extraña apariencia, la sonrisa amistosa y los ojos pícaros de las tres hermanas le dieron tranquilidad.

—¿Tuvieron buen viaje? —preguntó la Norna de marrón.

—Sí, vinimos en el trineo del Hechicero del Hielo —contestó Annie.

—Con la ayuda de una cuerda anudada —añadió Teddy.

—¡Sí, ya lo sabemos! Me agradan esas cuerdas —dijo la Norna de gris a carcajadas.

—Una cuerda sin nudos sí que sería algo muy aburrido —agregó la Norna de azul.

—Una *vida* sin nudos sería demasiado aburrida —intervino la Norna de marrón.

Mientras hablaban, las Nornas seguían tejiendo. Sus ojos saltones jamás pestañeaban. Jack comenzó a notar que las ancianas no cerraban nunca los ojos y que trabajaban sin parar.

—Perdón por molestarlas —dijo Annie—. Jack y yo necesitamos el ojo del Hechicero del Hielo para salvar a nuestros amigos, Merlín y Morgana.

—Ya lo sabemos —contestó la Norna de azul—. Justo estamos tejiendo la historia del Hechicero del Hielo. Vengan a ver.

Los cuatro niños se acercaron al telar. Numerosas hebras de colores invernales, azules, grises y marrones daban forma a las docenas de imágenes entretejidas en el gran tapiz.

—Los dibujos cuentan la historia del hechicero —explicó la Norna de marrón.

Uno de los dibujos mostraba a dos niños jugando. En otro, se veía a un niño corriendo detrás de un cisne. En otro, había dos lobos blancos. Y otro mostraba un ojo dentro de un círculo.

—¿Cuál es la historia del ojo? —preguntó Jack.

—Hace mucho tiempo, el Hechicero del Hielo vino a vernos porque quería toda la sabiduría del mundo —explicó la Norna de gris—. Le dijimos que se la daríamos si nos entregaba un ojo y él aceptó.

—El hechicero no parece muy listo —comentó Annie.

—De hecho, no lo es —añadió la Norna de marrón—. Nosotras plantamos las semillas de la sabiduría en su corazón, pero nunca crecieron.

—¿Para qué querían un ojo del hechicero? —preguntó Jack.

—Queríamos dárselo al Gigante de la Escarcha —contestó la Norna de azul.

—*¿El Gigante de la Escarcha?* —preguntó Teddy—. ¿Quién es él?

—No es ni mago ni mortal —respondió la Norna de azul—. Es una fuerza ciega de la naturaleza que, a su paso, no deja nada en pie.

—Teníamos la esperanza de que el Gigante de la Escarcha usara el ojo del hechicero para ver la belleza del mundo. Para que se dedicara a cuidarlo en vez de destruirlo —explicó la Norna de marrón—. Pero, lamentablemente, no lo hizo. ¡Tiene el ojo escondido en el mismo sitio en que nosotras lo pusimos!

—¿Dónde lo dejaron? —preguntó Annie.

—El Gigante de la Escarcha duerme adentro de la Colina Hueca —contestó la Norna de gris.

—En la Colina Hueca hay un agujero —agregó la Norna de azul.

—Y dentro del agujero hay una piedra de granizo —añadió la Norna de marrón.

—Y en el corazón de la piedra está el ojo del hechicero —concluyó la Norna de gris.

Jack cerró los ojos y se puso a memorizar:

En la Colina Hueca, hay un agujero.
En el agujero, hay una piedra de granizo.
En el corazón de la piedra,
se esconde el ojo del hechicero.

—¡Sí! —dijo la Norna de gris—. Allí es donde ustedes deben ir. Pero cuidado: *Jamás miren al Gigante de la Escarcha a los ojos. Si lo hacen, quedarán congelados.*

Temblando, Jack asintió con la cabeza.

—Bueno, va a ser mejor que nos marchemos —dijo Annie—. Muchas gracias por su ayuda. La rima del Hechicero del Hielo nos dice que les paguemos el precio que nos pidan.

Las Nornas se miraron.

—Me gusta el tejido que ella tiene alrededor del cuello —les dijo la Norna de gris a sus hermanas—. Es rojo como un amanecer encendido.

Las otras dos Nornas asintieron entusiasmadas.

—¿Mi bufanda? —preguntó Annie—. Claro, aquí la tienes. —Se quitó la bufanda y la puso junto al telar de las Nornas.

—¡Es preciosa! —exclamó la Norna de azul—.

Tal vez dejemos de tejer destinos y nos dediquemos a las bufandas.

—Bueno, ahora deben irse —dijo la Norna de gris—. Viajen hacia la Estrella del Norte. Cuando lleguen a los picos nevados, busquen uno con la cima plana.

Jack, Annie y Teddy se dirigieron hacia la puerta pero Kathleen se quedó atrás.

—Disculpen pero tengo una pregunta —dijo señalando la imagen del niño con el cisne en el tapiz—. ¿Qué historia es esta?

—Es algo muy triste —comentó la Norna de gris—. El Hechicero del Hielo tenía una hermana menor que amaba a su hermano más que a nadie en el mundo. Un día, discutieron por una tontería. El hechicero perdió la paciencia y le dijo a su hermana que se fuera para siempre. Ella corrió hacia el mar llorando. Allí encontró una bandada de doncellas cisne que le dieron un vestido de plumas blancas. Ella se lo puso y se convirtió en una doncella cisne. Luego, todas volaron a otras tierras y jamás regresaron.

—Después de eso, el Hechicero del Hielo no volvió a ser el mismo —dijo la Norna de azul—. Se convirtió en un hombre frío y mezquino cuando su hermana se fue. Como si, al marcharse, ella se hubiera llevado el corazón de su hermano.

—Qué *triste* —dijo Annie—. ¿Cómo terminará la historia del Hechicero del Hielo?

—Eso lo definirán ustedes y luego nosotras tejeremos lo ocurrido en nuestro tapiz —comentó la Norna de marrón.

—¿Nosotros? —preguntó Annie.

—Sí —contestó la Norna de gris—. Nuestros poderes se debilitan. Nuestros planes ya no funcionan bien. ¡El Hechicero del Hielo no tiene sabiduría! ¡El Gigante de la Escarcha es ciego! Ahora, deben marcharse para *terminar* la historia.

Las tres hermanas, con dedos laboriosos sobre el tapiz, como mariposas sobre las flores, miraron a sus visitantes con una cálida sonrisa.

Jack no podía dejar de sonreírles. Pero, de pronto, se acordó de Merlín y de Morgana y de todos los peligros que esperaban afuera.

—Tengo una última pregunta —dijo—. ¿Cuál es la historia de los lobos blancos?

—¡Oh, los lobos! —dijo la Norna de azul—. No les tengan miedo. Sin ellos, la vida sería muy aburrida.

Las otras dos hermanas sonrieron con aprobación. Por un momento, sus sonrisas hicieron que Jack les perdiera el miedo a los lobos blancos y al Hechicero del Hielo y al Gigante de la Escarcha.

—¡Adiós! ¡Adiós! ¡Adiós! —dijeron las tres hermanas.

Jack y los demás se despidieron. Luego, salieron de la casa de las Nornas para internarse en la noche helada.

CAPÍTULO SEIS

En la Colina Hueca

En medio de la noche helada, Jack sintió miedo otra vez. Alrededor de la casa había huellas de garras por todos lados y la luz de la luna revelaba que eran enormes.

—Los lobos estuvieron aquí —dijo Kathleen.

—¿Por qué no volvemos a la casa? —preguntó Teddy.

—No —respondió Kathleen—. Tenemos que volver al trineo con Jack y con Annie y enviarlos a su viaje hacia la Colina Hueca.

—Sí, por supuesto —contestó Teddy.

Mientras avanzaban hacia las rocas con mucha precaución, Jack se dio vuelta para mirar la casa de las Nornas. Tenía muchos deseos de sentir el calor del lugar otra vez.

Kathleen le puso la mano sobre el hombro.

—Vamos, debemos apurarnos —le dijo.

Con dificultad, atravesaron el sendero entre las rocas. Al llegar al otro lado, no encontraron rastros de los lobos blancos. El trineo plateado esperaba bajo la luz de la luna. Annie y Jack se subieron de inmediato.

—¿No pueden acompañarnos? —les preguntó Jack a Teddy y a Kathleen—. Ustedes dijeron que juntos podíamos lograr cualquier cosa.

—Tienes razón— dijo Teddy. Pero lo que dijo el Hechicero del Hielo es cierto. Sólo los mortales pueden deshacer un trato con las Moiras.

—No teman —dijo Kathleen—. Nuestras almas estarán con ustedes. Nos encontraremos en el palacio del hechicero al amanecer.

—¿Cómo harán para llegar hasta allá? —preguntó Annie.

—Quiero poner en práctica algunas rimas —contestó Teddy con una sonrisa pícara.

—Y yo tengo un poco de magia selkie —añadió Kathleen.

—¡Y nosotros tenemos nuestra cuerda anudada! —dijo Annie.

—Entonces vayan deprisa a la Colina Hueca —agregó Kathleen.

—Recuerden las palabras de las Nornas —dijo Teddy—. Jamás miren al Gigante de la Escarcha a los ojos.

—Ya lo sé —dijo Jack sacando la cuerda del bolsillo. Se quitó los guantes y deshizo uno de los nudos. De inmediato, empezó a soplar una brisa.

Deshizo el segundo nudo y la brisa se tornó más fuerte. La vela se desplegó y los esquíes comenzaron a deslizarse por la nieve.

Con el tercer nudo, el viento sopló con intensidad. La vela se hinchó y el trineo partió velozmente.

—¡Agárrate fuerte, Annie! —gritó Jack.

Él y su hermana se despidieron de Teddy y de Kathleen y se deslizaron sobre el mar helado. De pronto, el trineo tropezó con algo y giró bruscamente a la derecha.

—¡No, hacia la Estrella del Norte! —gritó Jack. Annie giró el timón y regresó el trineo a su curso anterior. La estrella brillante que tenían delante les servía de guía.

Jack, mientras luchaba por que el frío no lo venciera, seguía atento a los lobos. Pero, sobre el desierto blanco no había señales de ellos.

Entonces, en la distancia, pudo ver un cordón de montañas nevadas.

—¡Mira! —gritó—. ¡Allí está! —Y señaló la cima trunca de una de las montañas.

—¡Haz un nudo en la cuerda! —gritó Annie.

Jack hizo un nudo y el trineo aminoró la marcha. Hizo el segundo y, luego, el tercero. El viento dejó de soplar y el trineo se detuvo al pie de la Colina Hueca. Annie y Jack se bajaron.

Jack observó la pendiente escarpada.

—¿Cómo haremos para entrar? —preguntó.

—No lo sé —dijo Annie—. ¿Cómo lo hará el Gigante de la Escarcha?

El Gigante de la Escarcha... —repitió Jack deseando que Teddy y Kathleen estuvieran allí. Sin ellos, sentía que el equipo estaba incompleto.

—Nosotros podemos hacerlo —dijo Annie, como si hubiera leído la mente de su hermano—. Tenemos que hacerlo por Merlín y Morgana.

Jack asintió con la cabeza.

—Tienes razón —dijo. Y, juntos, observaron la colina iluminada por la luna.

—Mira allí arriba. ¿Eso es una grieta? —preguntó Annie.

—Puede ser —contestó Jack—. Subamos para fijarnos.

Después de unos pasos, Jack vio que había una abertura sobre la pendiente nevada.

—Veamos si llega hasta el interior de la colina —sugirió Annie.

—Espera... ¿Y el Gigante de la Escarcha? —preguntó Jack.

—Presiento que no está aquí —contestó Annie—. Será mejor que entremos a buscar el ojo del hechicero antes de que vuelva.

—De acuerdo —dijo Jack—. ¡Pero debemos tener cuidado!

Ambos subieron un poco más. Cuando llegaron a la grieta, la atravesaron y entraron en la colina.

De pronto, se encontraron al borde de un hueco muy profundo que tenía una superficie plana en el centro, como si la nieve hubiera sido tallada en círculos. A través de la grieta, se colaba el reflejo de la luna.

—¡Seguro que el gigante duerme ahí! —dijo Annie.

—Sí y seguro que ahí también esconde el ojo —dijo Jack—. Sólo tenemos que encontrar un agujero, ¿lo recuerdas? —Y repitió las palabras de las Nornas:

En la Colina Hueca hay un agujero.
En el agujero hay una piedra de granizo.
Y en el corazón de la piedra,
se esconde el ojo del hechicero.

—Correcto —dijo Annie.

Jack contempló la espiral nevada en el centro del hueco y miró a su hermana.

—¿Adelante? —dijo.

—¡Adelante! —susurró Annie.

Entraron en el hueco y empezaron a inspeccionarlo, pisando con cuidado la superficie.

De repente, Annie tropezó y cayó.

—¡Ay! ¡Creo que encontré lo que buscábamos! ¡Caí dentro del agujero! —dijo.

—¿En serio? —preguntó Jack arrodillándose junto a su hermana.

—¡Aquí hay algo! —dijo Annie. Y sacó un pequeño trozo de hielo del tamaño de un huevo—.

¡La piedra de granizo!

A la tenue luz era imposible ver si dentro de la piedra había algo.

—¿Será la piedra correcta? —preguntó Jack—. Para saber si el ojo está adentro, tendremos que esperar a que amanezca.

—Es la piedra que buscamos —dijo Annie—. ¿Cuántas piedras de granizo puede haber dentro de un agujero en una colina hueca?

—Buen argumento —comentó Jack.

Annie observó la piedra de granizo.

—Es posible que el ojo nos esté mirando —dijo.

—Eso es científicamente imposible —añadió Jack—. Un ojo no puede ver si no está conectado a un cerebro.

—Claro. Y una cuerda tampoco puede hacer que el viento sople —agregó Annie—. Olvídate de la ciencia en este lugar. Espera —contuvo la respiración—. ¿Notaste eso, Jack?

—¿Qué cosa? —preguntó él.

—La tierra está temblando —dijo Annie.

De golpe, Jack *sintió* que la tierra se movía y oyó un extraño ruido; un resoplido fuerte, que venía del exterior. *ASSHH, ASSHH, ASSHH...* ¡Alguien estaba respirando cerca!

—¡El gigante ha vuelto! —dijo Annie.

—¡Oh, no! —gritó Jack.

La tierra siguió moviéndose y la respiración se oía cada vez más cerca.

—¡Esconde la piedra de granizo! —dijo Jack.

Annie se metió la piedra en el bolsillo.

ASSHH, ASSHH, ASSHH... ¡Parecía que el gigante estaba entrando en el hueco!

—¡Viene hacia acá! —dijo Annie.

—¡Escóndete! —susurró Jack.

Agarró a su hermana y retrocedió a las sombras. De pronto, recordó las palabras de las Nornas: *"Jamás miren al gigante a los ojos o quedarán congelados para siempre"*.

—Por nada en el mundo, *¡mires al gigante a los ojos!* —susurró Jack.

Acurrucados en la oscuridad, cubriéndose la cara, Annie y Jack se quedaron esperando...

CAPÍTULO SIETE

El Gigante de la Escarcha

*A*SSHH, *ASSHH, ASSHH...* Cada vez que el Gigante de la Escarcha respiraba, lanzaba una ráfaga de aire frío dentro del hueco.

Jack empezó a temblar. Sentía frío hasta en los huesos. *ASSHH, ASSHH, ASSHH...*

La respiración del gigante se tornó más estridente y poderosa. Jack apretó los ojos ante el viento helado y húmedo que azotaba su cuerpo.

ASSHH, ASSHH, ASSHH...

Jack se agachó un poco más y abrazó fuerte a su hermana.

ASSHH, ASSHH, ASSHH…

Aquel sonido retumbaba como el quejido de cientos de fantasmas atravesando el hueco. Jack recordó las palabras de la Norna de azul: *"Él es una fuerza ciega de la naturaleza que, a su paso, no deja nada en pie…".*

La respiración del gigante fue suavizándose poco a poco. *"¿Y ahora, qué está haciendo?,* pensó Jack.

—Tal vez esté quedándose dormido —susurró Annie.

Empezó a oírse una respiración serena y constante y el viento se convirtió en una brisa.

—Parece que se durmió. Aprovechemos para escapar… —sugirió Annie.

—Está bien, pero no mires para arriba. ¡Mantén la vista en el suelo! —susurró Jack.

—De acuerdo —susurró Annie.

Con la cabeza hacia abajo y con cuidado, ambos reptaron por el fondo del hueco y empezaron a subir hacia la grieta. Jack tiritaba sin parar pero no sabía si era de frío o de miedo.

De repente, un rugido ensordecedor quebró el silencio de la noche. El Gigante de la Escarcha chilló con furia huracanada. ¡Había despertado!

El potente aire tumbó a Jack. Trató de avanzar en cuatro patas, pero no sabía hacia dónde ir. Tenía miedo de alzar la vista.

—¡Jack, por aquí! —gritó Annie. Su voz se escuchó por encima del rugido del gigante. Ella ayudó a su hermano a subir y, juntos, lucharon por desplazarse enfrentando el viento. Finalmente, llegaron a la grieta de la pared.

La atravesaron pero, afuera, el viento los hizo caer y rodaron por la pendiente de la colina.

El viento formaba remolinos de nieve sobre la planicie.

—¡Annie! ¡Annie! —gritó Jack. ¿Dónde estaba su hermana? ¿Y el trineo? No podía ver nada. Y tampoco podía mantenerse en pie.

El viento empezó a rugir con más fuerza y en lo alto de la colina se desató una avalancha. Al llegar abajo, la nieve golpeó el suelo y levantó inmensas nubes de polvo blanco.

—¡Jack! ¡Jack!

En medio del rugido furioso del viento, Jack oyó el grito de Annie. Trató de pararse pero la nieve seguía cayéndole encima hasta que lo cubrió por completo.

Sepultado bajo el helado polvo blanco, Jack sintió que las fuerzas lo abandonaban. Sabía que tenía que cavar para poder salir pero tenía mucho frío y estaba demasiado cansado. Se sentía demasiado agotado para buscar a Annie y para luchar contra el Gigante de la Escarcha. Cerró los ojos y se entregó a un sueño helado.

❄ ❄ ❄

Jack soñó que un pelaje frío le rozaba la cara y que un lobo cavaba alrededor de él empujándolo, sacudiéndolo y olfateándolo…

Cuando abrió los ojos, Jack se sintió aturdido. Al principio no podía ver, pero notó que ya no estaba bajo la nieve. Limpió sus lentes y contempló la luna y unas pocas estrellas que había en el cielo.

"*El Gigante de la Escarcha debe de haberse ido*", pensó Jack. Pero, al instante, oyó un jadeo. Se sentó y miró a su alrededor. ¡Uno de los lobos blancos estaba agachado detrás de él!

—¡Fuera! ¡Fuera! ¡Fuera! —vociferó Jack, arrojándole bolas de nieve.

El animal retrocedió un poco y gruñó. Jack, desesperado, miró para todos lados. Su hermana estaba tirada sobre la nieve. No se movía. El otro lobo blanco la olfateaba y la tocaba con las patas.

La furia de Jack fue más fuerte que su miedo.

—¡Déjala en paz! —gritó—. ¡Vete! —Y empezó a arrojar más nieve.

El lobo retrocedió.

—¡FUERA! ¡FUERA! ¡Váyanse! ¡Déjennos tranquilos! —gritó Jack mirando enfurecido a los lobos.

Los ojos amarillos y brillantes de los dos animales se posaron sobre los de Jack.

—¡Hablo en serio! ¡FUERA! —volvió a vociferar Jack, con mirada salvaje.

Finalmente, los animales apartaron la vista, se miraron entre sí y retrocedieron. Le echaron una última mirada a Annie y a Jack, se dieron vuelta y se alejaron trotando.

Jack se abalanzó sobre su hermana. Se arrodilló junto a ella y le levantó la cabeza.

—¡Despierta! ¡Despierta! —dijo.

Annie abrió los ojos.

—¿Estás bien, Annie? —preguntó Jack.

—Sí. Soñé con lobos blancos —murmuró ella.

—¡Yo también! —añadió Jack—. Y cuando desperté, estaban aquí. ¡Estaban a punto de comernos!

—¿Lo crees? —Annie se incorporó y miró a su alrededor.

—Sí, pero yo los ahuyenté —dijo Jack.

—¿Y el Gigante de la Escarcha? —preguntó Annie.

—También se fue —respondió Jack—. ¡Vamos, salgamos de aquí! —Jack ayudó a su hermana a ponerse de pie—. ¿Tienes el ojo del hechicero, no?

Annie metió la mano en el bolsillo.

—Sí, lo tengo —respondió.

—Bien —Jack miró a su alrededor. El trineo estaba esperándolos detrás de los montículos de nieve. De repente, el cielo comenzó a tomar un tono gris claro.

—Casi está amaneciendo —comentó Jack—. ¿Recuerdas lo que dijo el hechicero? Tenemos que devolverle el ojo antes de que despunte el día, ¡o jamás volveremos a ver a Merlín y a Morgana!

Jack agarró a su hermana de la mano y corrieron hacia el trineo. Annie tomó su lugar en el timón. Jack sacó la cuerda del bolsillo y desató uno de los nudos.

El trineo se balanceó un poco. Jack deshizo el segundo nudo y comenzó a sentirse una brisa suave. Cuando desató el tercero, el trineo plateado partió velozmente por el desierto nevado.

Plash, plash, plash. Así, fueron alejándose de la Colina Hueca. A medida que avanzaban por la nieve, el cielo gris fue tiñéndose de rosa pálido.

—¡Tenemos que ir más rápido! —gritó Annie.

Jack desató el cuarto nudo y sintió el viento soplando en sus oídos. El trineo aumentó la velocidad. Con Annie al mando de la travesía, dejaron las montañas atrás y se dirigieron al sur, hacia el palacio del Hechicero del Hielo.

Cuando el trineo estuvo más cerca del palacio, Jack hizo un nudo para empezar a bajar la velocidad. Luego hizo tres más y se detuvieron.

Annie y Jack miraron a su alrededor bajo la luz tenue y fría.

—¿Dónde estarán Teddy y Kathleen? —preguntó Annie—. Dijeron que nos encontraríamos aquí al amanecer.

Jack observó la planicie nevada, pero no vio señales de sus amigos. En ese instante, sintió deseos de tener el don de la visión de Kathleen.

—Espero que estén bien —dijo Jack—. Ojalá no se hayan topado con los lobos blancos.

—No creo que los lobos los lastimen —comentó Annie—. El que apareció en mi sueño era bueno.

—Los lobos de los sueños no son como los reales —dijo Jack.

—No podemos seguir esperando —dijo Annie—. El ojo tiene que estar de regreso antes de que salga el sol.

—¡El ojo! —exclamó Jack—. Nunca nos fijamos si estaba dentro de la piedra de granizo.

Annie metió la mano en el bolsillo y sacó la piedra.

Jack se quedó sin habla. Desde el interior de la piedra, el ojo congelado lo observaba. Tenía el tamaño de una canica grande y era de color blanco, con el centro azul brillante.

—¡Oh, cielos! —susurró Jack.

—¡Qué bonito es! ¿Verdad? —dijo Annie.

—No sé qué decir. —Jack sintió náuseas. Ver un ojo apartado de una cabeza humana era demasiado extraño para él—. Por favor, por ahora, sácalo de mi vista.

Annie guardó la piedra de granizo en el bolsillo. Jack miró a su alrededor una vez más. El cielo había pasado de un rosa pálido a un rojo suave. Sobre el horizonte, empezaba a asomarse un pequeño rayo dorado.

—¡Rápido! ¡El sol está por salir! —Bajaron del trineo y corrieron hacia el palacio.

Al llegar a la entrada, Annie se detuvo.

—¡Mira! —dijo señalando huellas de garras sobre la nieve—. ¡Lobos!

—¡Oh, no! —exclamó Jack—. ¿Estarán adentro? ¡Qué extraño!

—¡No importa! ¡Tenemos que entrar! ¡Rápido! —dijo Annie. Y atravesaron la puerta del palacio, justo cuando el sol asomaba con todo su fulgor sobre la línea del horizonte.

CAPÍTULO OCHO

Devolución del ojo

Jack y Annie atravesaron las columnas de hielo y el salón de entrada e ingresaron en el recinto del trono del hechicero. Las paredes y el piso relucían con la luz helada y brillante del amanecer.

—¡Oh, cielos! —exclamó Jack.

El hechicero estaba esperándolos. Junto a él, uno a cada lado del trono, dormían dos lobos blancos. Jack se sintió confundido. *"¿Qué hacen los lobos aquí? ¿El hechicero es su dueño?"*, se preguntó.

Los animales irguieron la cabeza y olfatearon el aire. De pronto, alzaron las orejas y, al ver a Annie y a Jack, se levantaron del piso de golpe, con los ojos amarillos y brillantes clavados en los niños.

El Hechicero del Hielo también miraba a Annie y a Jack atentamente.

—¿Y bien…? ¿Han traído mi ojo? —preguntó.

—Sí —respondió Jack.

Annie sacó la piedra de granizo del bolsillo y se la entregó al hechicero. Con nerviosismo, Jack observó a los lobos mientras la piedra pasaba de la pequeña mano de su hermana, a la mano enorme y áspera del hechicero.

Después de contemplar el trozo de hielo, el hechicero miró a Jack y a Annie.

—En verdad, ustedes son *héroes* —dijo casi sin aliento.

—En realidad no es así —murmuró Jack.

El hechicero volvió a contemplar su ojo dentro de la piedra. Luego, con un movimiento rápido, la golpeó contra la madera del trono.

Annie y Jack, sorprendidos, dieron un paso atrás. El hechicero volvió a golpear la piedra. Esta vez, el hielo se partió. Delicadamente, sacó el ojo de la piedra. Lo alzó a la luz y lo examinó. Después, con un grito de júbilo, se sacó el parche.

Annie y Jack, miraron estupefactos al hechicero mientras se colocaba el ojo dentro de la oscura cuenca. Jack contuvo la respiración. Estaba horrorizado y, a la vez, fascinado. Jamás había pensado que vería a alguien colocándose un ojo.

Lentamente, el hechicero bajó la mano y se quedó estático. Ahora tenía los dos ojos pero el que había recuperado no se movía, como si aún estuviera congelado.

Jack empezó a preocuparse. Si el ojo no revivía, el hechicero no respetaría lo acordado.

—Bueno, ya le trajimos su ojo —comentó Jack—. ¿Ahora puede decirnos dónde están Merlín y Morgana?

El hechicero inclinó la cabeza para mirar a Jack. Se cubrió un ojo con la mano. Luego, se cubrió el otro ojo.

Finalmente, bajó la mano y rugió:

—¡NO! ¡Me engañaron! —Su voz hizo temblar las columnas del palacio.

—No, no es así —contestó Annie.

—¡Este ojo no sirve! ¡Está muerto! ¡No veo! —vociferó el hechicero.

—Pero ése es el ojo que usted les dio a las Nornas —dijo Annie—. Además nos prometió que si nosotros se lo traíamos, nos devolvería a Merlín y a Morgana.

Los dos lobos blancos echaron la cabeza hacia atrás y empezaron a aullar.

—¡NO! ¡NO! ¡Me engañaron! —sollozó el hechicero.

—Vayámonos de aquí —susurró Jack. Y arrastró a su hermana de un brazo hacia las columnas de la entrada.

—¡DETÉNGANSE! ¡NO PODRÁN ESCAPAR! —gritó el hechicero levantando el Báculo

de la Fuerza de Merlín. Los lobos gruñían y aullaban. De repente, el hombre del trono señaló a Annie y a Jack con el báculo y pronunció un hechizo: "AL-CEEE..."

—¡ALTO! ¡ESPERE! —vociferó Teddy, irrumpiendo en el recinto del trono.

Mirando a Teddy con furia, el hechicero sostuvo el báculo en lo alto. Tenía el rostro deformado por la ira.

—¡Tenemos algo para usted! —gritó Teddy—. ¡Kathleen!

La niña selkie salió de detrás de las columnas de hielo. A su lado, había una mujer con trenzas largas, que llevaba puesto un vestido acampanado. Sobre los hombros tenía una capa de plumas blancas. Cuando posó los ojos sobre el hechicero, el rostro se le iluminó con una sonrisa. Y, lentamente, empezó a caminar hacia el trono.

El hechicero bajó el báculo. Miró a la joven y el rostro le cambió de color. Por un largo rato se quedó paralizado. Luego, del ojo congelado le brotó una lágrima, que rodó por su mejilla pálida.

Jack y Annie se quedaron al lado de Kathleen y Teddy. Los cuatro observaron a la joven mujer y al Hechicero del Hielo mientras se miraban en silencio.

—¿Es la hermana del hechicero, la doncella cisne? —preguntó Annie.

—Sí —susurró Kathleen.

La doncella cisne se dirigió al hechicero, en un lenguaje extraño: *"Es-ta-ee-ven-o-plido"*.

El hechicero no respondió. Ahora le salían lágrimas de los ojos

—Dijo: *"He venido a perdonarte"* —contestó Kathleen.

El hechicero se puso de pie, bajó de su trono y, con delicadeza, acarició el rostro de la doncella como queriendo asegurarse de que era verdadero. Después, respondió en el extraño idioma, suavemente: *"Ca-ee-plido"*.

—¿Cómo la encontraste? —le preguntó Jack a Teddy.

—Una foca nos llevó a la Isla de los Cisnes por debajo del hielo —explicó Teddy.

—Cuando la encontramos, le conté que el hechicero la extrañaba mucho —agregó Kathleen—. También le conté acerca de ustedes y de lo mucho que se ayudan mutuamente. Le dije que debía regresar con su hermano para reconciliarse con él.

El hechicero y su hermana siguieron hablando suavemente en el extraño lenguaje. Por las ventanas del palacio, comenzaron a colarse los cálidos rayos del sol.

Annie dio un paso adelante.

—Disculpen —dijo.

El hechicero la miró.

—Mi hermana ha vuelto a casa —dijo asombrado— y ya puedo ver con los dos ojos.

—Me alegra mucho —dijo Annie—. Pero ahora debe devolvernos a Merlín y a Morgana.

El hechicero miró a su hermana y ella asintió con la cabeza. Luego alzó el Báculo de la Fuerza de Merlín.

—Úsenlo para hacer volver a Morgana y a Merlín —dijo—. Sosténganlo con firmeza y pronuncien sus nombres en voz alta. —El hechicero le entregó el báculo a Annie.

Ella casi no podía alzarlo.

—Jack, ayúdame —dijo.

Él dio un paso adelante y agarró el báculo. Al hacerlo, sintió que la madera lisa y dorada vibraba entre sus manos.

Al agarrar el báculo entre los dos, Annie miró hacia arriba y habló en voz alta:

—¡Merlín y Morgana! ¡Regresen!

De la punta del báculo salió un rayo azul que brilló sobre los dos lobos blancos.

De pronto, los ojos de los animales se transformaron en ojos humanos, sus hocicos en nariz y boca humanas, sus orejas en orejas humanas y las garras en manos y pies. Por último, el pelaje de los lobos se convirtió en dos largas capas rojas.

Los dos lobos blancos habían desaparecido. Ahora había allí un hombre y una mujer.

CAPÍTULO NUEVE

La sabiduría del corazón

—¡Merlín! ¡Morgana! —gritó Annie emocionada.

Teddy y Kathleen dieron un grito de asombro.

Annie corrió hacia Morgana y la abrazó.

—¡Hola! —dijo Jack aliviado—. ¡Hola!

—¡Bienvenido, señor! —le dijo Teddy a Merlín.

—¡Gracias! —dijo el mago. Y miró a Annie y a Jack—. Y gracias a ustedes, ¡por hacernos regresar!

—No sabíamos que tú y Morgana eran los lobos —dijo Annie.

—Siempre estuvimos cerca para ayudarlos —dijo Morgana.

—El hechicero dijo que si nos dejábamos alcanzar, los lobos nos comerían —añadió Jack.

—¿De verdad? —preguntó Morgana.

Todos miraron al Hechicero del Hielo que, parado junto a su hermana, miraba con culpa a Merlín y a Morgana.

—En realidad temía que si Annie y Jack se acercaban mucho a ustedes, descubrieran quiénes eran —dijo—. Pero ya no causaré más daño, lo prometo. Ahora puedo ver claramente. —El hechicero miró a su hermana y los ojos azules le brillaban de alegría.

—Puedes ver porque te han devuelto el corazón —comentó Morgana—. No solo te faltaba el ojo, sino también el corazón. Para ver, necesitamos tanto los ojos como el corazón.

—Y ahora, tal vez, puedas tener lo que tanto anhelabas de las Nornas —agregó Merlín—. La sabiduría es el conocimiento que obtenemos con la mente y también con el corazón.

El Hechicero del Hielo asintió con la cabeza.

—Por favor, perdónenme de *corazón* —dijo—. Y para volver a su hogar, les ruego que usen mi trineo.

—Sí, debemos irnos ahora —agregó Morgana—. Hace mucho que nos fuimos de Camelot.

—La próxima vez que vayas a Camelot, amigo, debes venir de visita. Y no como un ladrón en la noche —dijo Merlín.

—Y recuerda traer a tu hermana —le dijo Morgana al hechicero.

—Claro, así lo haré —respondió él.

Merlín miró a los cuatro niños.

—¿Están listos para partir? —preguntó.

—Sí, señor —respondieron todos a la vez.

Merlín miró el Báculo de la Fuerza en las manos de Jack.

—¡Oh, perdón! Casi me olvido… —dijo Jack. Y le dio el pesado báculo a su dueño.

Con el Báculo de la Fuerza, Merlín se veía más poderoso.

—Bueno, ¡en marcha! —dijo con vigor.

Merlín y Morgana abandonaron el salón del hechicero. Afuera, el viento agitaba sus capas rojas. Teddy y Kathleen salieron detrás de ellos. Luego lo hicieron Annie y Jack. Pero antes de abandonar el palacio, él y su hermana miraron al Hechicero del Hielo y a su hermana cisne, que conversaban amenamente.

—Estuvieron separados durante años —comentó Annie—. Deben de tener tantas cosas que decirse.

—Sí —añadió Jack, que no podía imaginarse ni un solo día sin Annie—. Vamos, tenemos que irnos. —Agarró a su hermana de la mano y se internaron en el frío amanecer, dejando atrás el palacio del hechicero.

Siguieron a sus cuatro amigos de Camelot y todos subieron al trineo.

Annie se sentó al timón. Jack se paró en la parte delantera, sacó la cuerda del bolsillo y desató un nudo. El trineo se impulsó hacia adelante. Desató otro y empezaron a avanzar, lentamente.

El trineo tenía más peso que antes, así que Jack desató dos nudos a la vez y, de golpe, salieron disparados por la planicie nevada.

—¡Agárrense fuerte! —dijo Teddy.

Mientras se desplazaban bajo la luz del amanecer, Annie se dirigió a Merlín y a Morgana.

—Quiero hacerles una pregunta —dijo—. ¿Cómo es el Gigante de la Escarcha?

—No existe —respondió Merlín sonriendo.

—¿*Qué*? —preguntaron Kathleen y Teddy, al unísono.

—Sí existe. ¡Nosotros oímos su respiración! —agregó Annie.

—Y casi nos hace morir congelados —dijo Jack.

—En la noche, el viento entra en la Colina Hueca como un ciclón —dijo Merlín—. Esa es la tormenta que ustedes vieron y sintieron.

—Pero, ¿qué puedes decirnos de las Nornas que le dieron el ojo del hechicero al Gigante de la Escarcha? —preguntó Jack.

—Muchos pueblos antiguos creen que las fuerzas de la naturaleza son gigantes o monstruos —explicó Morgana—. Las Nornas son las últimas de su gente. Ellas creen que el Gigante de la Escarcha es una criatura viviente que frecuenta la Colina Hueca. En verdad, el gigante jamás aceptó el ojo porque no existe.

Jack sacudió la cabeza.

—Nosotros creímos en las palabras de las Nornas. Ellas nos dijeron que si mirábamos al gigante a los ojos, moriríamos congelados.

—El hechicero dijo que si los lobos nos alcanzaban, ¡nos comerían! Eso también lo creímos —dijo Annie.

—La gente siempre trata de hacernos creer que el mundo es más aterrador de lo que en realidad es —explicó Morgana.

De repente, el mundo ya no era tan aterrador para Jack. Todo se había tornado más claro y brillante. Una luz rosada se asomaba a través de las nubes de la mañana.

—Hoy es el primer día después del solsticio de invierno —dijo Morgana—. Los días irán haciéndose cada vez más largos.

Jack se dio vuelta para mirar el sol. No muy lejos de donde estaba, logró divisar la casa del árbol en la cima de una loma de nieve.

Jack ató un nudo en la cuerda. Luego ató tres más y, al instante, el trineo se detuvo al pie de la pequeña colina de nieve.

Merlín miró a Annie y a Jack.

—En el solsticio de invierno ustedes demostraron mucho coraje —les dijo—. Pasaron por tormentas, miedo y un frío insoportable. Reunieron al Hechicero del Hielo con la doncella cisne. Y lo más importante es que recuperaron mi Báculo de la Fuerza. Estoy muy agradecido.

—¡No fue nada! —contestaron Annie y Jack con modestia.

—Han hecho mucho por el reino de Camelot en estas cuatro misiones —dijo Merlín—. En las próximas aventuras, la misión tendrá lugar en su mundo, no en tierras mágicas y legendarias.

—Volveremos a llamarlos muy pronto —comentó Morgana.

—¡Genial! —exclamó Annie.

Ella y Jack se bajaron del trineo y miraron a Teddy y a Kathleen.

—Espero que nos ayuden en nuestro próximo viaje —dijo Annie.

—Juntos podemos hacer cualquier cosa, ¿no es así? —añadió Teddy sonriendo.

—¡Así es! —contestaron Annie y Jack a la vez. Se dieron vuelta y treparon por la loma de nieve. Cuando llegaron a la cima, entraron a la casa del árbol por la ventana. Desde allí, miraron en dirección a sus amigos.

El trineo ya había partido.

—¡Adiós! —exclamó Annie.

Jack agarró la pequeña piedra gris del suelo. Señaló las palabras Frog Creek en el mensaje de Merlín.

—¡Deseamos regresar a casa! —dijo.

El viento empezó a soplar.

Más y más rápido cada vez.

Después, todo quedó en silencio.

Un silencio absoluto.

❋ ❋ ❋

Jack abrió los ojos. Estaban de regreso en el bosque de Frog Creek. Allí, el tiempo no había pasado, el crepúsculo empezaba a aparecer y por la ventana de la casa del árbol se veían pequeños copos de nieve que caían livianos como plumas.

—Tengo frío —dijo Annie temblando.

—Ten, ponte mi bufanda —agregó Jack—. ¿Qué le dirás a mamá cuando te pregunte qué pasó con *tu* bufanda?

—Le diré que se la di a las Hermanas del Destino en forma de pago por decirnos cómo encontrar el ojo del Hechicero del Hielo, en el agujero de la Colina Hueca —explicó Annie.

—Correcto —dijo Jack riendo.

—Va a ser mejor que lleguemos a casa antes del anochecer —agregó Annie. Y empezó a bajar por la escalera colgante. Jack siguió a su hermana.

Cuando pisaron el suelo del bosque, Jack recordó la cuerda anudada.

—Olvidamos devolver esto —comentó sacando la cuerda del bolsillo—. Seguro que la magia de Merlín hizo regresar el trineo a Camelot.

Annie y Jack se quedaron mirando la cuerda.

—Desata un nudo —susurró Annie.

Jack se quitó un guante, deshizo uno de los nudos y se quedó esperando casi sin respirar. No pasó nada. Sonriendo, miró a su hermana.

—Creo que en nuestro mundo es una simple cuerda —dijo.

Jack guardó la cuerda en el bolsillo. Él y Annie comenzaron a avanzar por el bosque nevado. Mientras caminaban, Jack buscó las pisadas de Merlín y Morgana pero éstas habían desaparecido por completo.

Annie y Jack salieron del bosque y tomaron la calle que los llevaba a casa. A través de las ventanas de los vecinos, veían árboles de Navidad iluminados, adornos y velas encendidas.

Al llegar a su casa, atravesaron el jardín de la entrada y las botas rechinaban sobre la nieve a cada paso. Antes de subir los escalones del porche, Jack se detuvo, sorprendido.

La bufanda roja de Annie estaba atada a la baranda del porche.

—¡No puedo creerlo! —dijo Jack.

—Yo sí —añadió Annie.

Los dos subieron los escalones de un salto y Annie desató la bufanda.

—¡Mira! —dijo mostrando la bufanda a Jack.

Una pequeña imagen, tejida en la lana, mostraba a Annie y a Jack junto a dos lobos blancos.

Jack se quedó sin habla.

—¡Qué bonita —dijo Annie. Le devolvió la bufanda a Jack y se puso la suya teniendo cuidado de tapar el dibujo con el cuello de la chaqueta.

De pronto, la puerta de entrada se abrió y del interior de la casa salió un aroma delicioso.

—¡Hola! —dijo su madre—. Las galletas ya están listas. Entren a calentarse.

Nota de la autora

Hace un tiempo, escribí un libro llamado "Mitos nórdicos favoritos", acerca de las leyendas de los vikingos; un pueblo antiguo que vivía en las heladas e inhóspitas tierras de Escandinavia. Varios hechos y personajes de estos mitos me inspiraron para el argumento de *El invierno del Hechicero del Hielo*. Por ejemplo, el dios Odín que entregó un ojo a cambio de toda la sabiduría del mundo, los gigantes de hielo que representaban las fuerzas más poderosas de la naturaleza y las diosas Nornas, tres hermanas que decidían el futuro de las personas. En la mitología griega, a estas hermanas se las conoce como las Moiras, que también tienen la misión de determinar el futuro.

Buscando más información acerca de los cuentos nórdicos, descubrí a las doncellas cisne, jóvenes capaces de convertirse en dicha ave. También leí acerca de hechiceros que vendían cuerdas con nudos de viento, para que los marineros pudieran atravesar el océano. En el cuento "La Reina de las Nieves", Hans Christian Andersen menciona las cuerdas anudadas. En el relato, un reno asegura tener el poder de atar todos los vientos del mundo en un solo nudo. Así, si un marinero afloja un nudo, tendrá el viento a su favor.

El invierno del Hechicero del Hielo es el último libro de "Misión Merlín". En estas cuatro aventuras, Annie y Jack, enviados por Merlín, viajan en busca de cuatro tesoros mágicos: el Caldero de la Memoria y la Imaginación, el Diamante del Destino, la Espada de la Luz y el Báculo de la Fuerza.

Para crear estos elementos me inspiré en los Cuatro Talismanes de Camelot que, según las leyendas irlandesas, eran las ofrendas más sagradas de los antiguos celtas.

Mary Pope Osborne

Actividades divertidas para Annie, para Jack y para ti
El ojo del hechicero

Para buscar el ojo del Hechicero del Hielo, Annie y Jack tuvieron que viajar a la morada del Gigante de la Escarcha. Pero, si lo deseas, ¡tú puedes fabricarte uno propio!

Materiales:
- Dos palos de paleta o depresores de lengua
- Pegamento
- Hilo multicolor o de tus colores preferidos
- Tijeras

1. Toma los dos palos y forma una cruz. Uno quedará de manera horizontal y el otro vertical, formando cuatro ángulos de 90°. Para que ambos estén firmes, puedes sostener un palo verticalmente y agregarle un poco de pegamento en el medio. Luego, pega el otro palo en forma horizontal y deja que se sequen durante toda la noche.

2. Pasa el hilo alrededor de uno de los palos de la cruz, cerca de la unión. Luego, haz un nudo para que el hilo quede fijo.

3. Pasa el hilo dos veces por la unión de la cruz en la misma dirección y luego, en la dirección opuesta, pasa el hilo dos veces. De esta manera quedará formada una X en el centro de tu ojo de hechicero.

4. Sostén el hilo entre los dos palos, pásalo por abajo y alrededor del palo de la izquierda. Asegúrate de que el hilo quede lo más cerca posible de la unión de los dos palos.

5. Lleva el hilo hacia abajo y alrededor del palo siguiente de la izquierda.

6. Continúa el movimiento en el sentido contrario al de las agujas del reloj, alrededor de los palos. Al pasar el hilo por abajo, asegúrate de que éste quede junto al hilo anterior y nunca encima.

7. Si usas hilos de colores distintos, puedes cortar el extremo de uno de los colores y atarlo a otro color. Luego, continúa el movimiento en sentido contrario al de las agujas del reloj, hasta que desees cambiar de color.

8. Cuando llegues a media pulgada de los extremos de los palos, anuda el hilo en el extremo que destines como parte superior del ojo.

9. Corta el hilo, dejando una tira de unas ocho pulgadas para que puedas colgar tu ojo de hechicero en la pared, en la ventana, o ¡donde más te agrade!

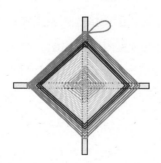

A continuación un avance de

LA CASA DEL ÁRBOL® #33
MISIÓN MERLÍN

Carnaval a media luz

Jack y Annie deben ir a Venecia, Italia, para salvar a la Gran Dama de la Laguna de un terrible desastre.

CAPÍTULO UNO

Libro de magia

En el bosque de Frog Creek, empezaba a amanecer. Al ver una luz que brillaba en lo alto, Jack corrió hacia ella tan rápidamente que apenas podía oír sus pasos sobre el pasto y sentir el aire frío del invierno.

De repente, en la copa del roble más alto, divisó la pequeña casa mágica. En la ventana, vio asomada a una niña de pelo oscuro ondulado y ojos azules como el mar. Junto a ella, había un niño muy sonriente, de pelo colorado y enmarañado. Cuando ellos lo saludaron, Jack se sintió inmensamente feliz.

—¡Vamos, despierta!

Jack abrió los ojos. Su hermana estaba parada junto a la cama de él y tenía puesta su chaqueta más abrigada. Afuera, apenas había luz.

—Soñé con la casa del árbol —dijo ella.

—¿De veras? —preguntó Jack, un poco dormido.

—Sí, estábamos corriendo por el bosque, al amanecer. Y cuando llegábamos a la casa, Teddy y Kathleen estaban esperándonos —contestó Annie.

Jack se incorporó.

—Tuve el mismo sueño —comentó.

—Te espero abajo —dijo Annie. Y salió de la habitación de su hermano.

Jack saltó de la cama, se puso los lentes, y se vistió. Agarró la mochila y la chaqueta para la nieve y, sin hacer ruido, bajó por la escalera.

Annie esperaba en el porche. El aire de febrero era frío. Las gotas de rocío brillaban sobre el césped, con los rayos del sol, que trepaba por el bosque de Frog Creek.

—¿Estás listo? —preguntó Annie.

Jack asintió con la cabeza y se subió el cierre de la chaqueta. Sin hablar, ambos atravesaron la calle rápidamente. Al llegar al bosque, avanzaron por entre los árboles desnudos y las sombras de la mañana naciente hasta que, de pronto, se detuvieron.

La casa del árbol estaba allí, ¡tal como Jack lo había soñado! La pequeña casa de madera se encontraba en la copa del roble más alto, iluminada por la fría luz del amanecer.

—¡Vaya! Los sueños se hacen realidad —dijo Jack, entusiasmado.

—Sí. ¡Teddy! ¡Kathleen! —llamó Annie.

Nadie contestó.

—Parece que a nuestro sueño la falta una parte —comentó Annie, con tristeza. Se agarró de la escalera colgante y empezó a subir. Jack siguió a su hermana. Luego, Annie entró en la casa del árbol. —¡Uau! —exclamó.

—¿Qué pasa? —preguntó Jack.

—¡Están aquí! —contestó Annie, en voz baja.

Jack entró en la casa del árbol. Sus amigos, Teddy y Kathleen, aprendices de mago de Morgana le Fay, dormían profundamente, sentados debajo de la ventana, envueltos en sus capas de lana.

—¡Eh, dormilones! ¡Despierten! —dijo Annie.

Kathleen parpadeó entre bostezos. Teddy se frotó los ojos. Cuando vio a Jack y a Annie, sonrió con entusiasmo y, de un salto, se puso de pie.

—¡Hola! —dijo.

—¡Hola! —gritó Annie, abrazando a Teddy—. Mi hermano y yo soñamos que ustedes habían vuelto.

—¡Ah, entonces, nuestra magia funcionó! —comentó Teddy—. A Kathleen se le ocurrió mandarles sueños como señal de nuestro regreso. Parece que nuestra magia también nos llevó a la tierra de los sueños.

—Pero ahora estamos despiertos. Y me alegro tanto de verlos —añadió Kathleen. Se puso de pie y se cubrió con la capa. Con el reflejo del amanecer, sus ojos parecían dos luceros azules.

—Yo también me alegro de verlos —agregó Jack, tímidamente.

—¿Vinieron para llevarnos a otra Misión de Merlín? —preguntó Annie.

—No, exactamente —contestó Teddy—. Él tiene una misión más importante para ustedes. Pero esta vez nosotros no los acompañaremos.

—¡Huy, no! —protestó Annie—. Pero, ¿y si necesitamos que ustedes nos ayuden con su magia?

Teddy y Kathleen se miraron y sonrieron. Luego, Kathleen miró a Annie y a Jack.

—Morgana piensa que ustedes ya están listos para usar nuestra magia sin ayuda —comentó.

—¿De verdad? —preguntó Jack.

—Sí —respondió Teddy—, pero Merlín es muy cauteloso para compartir sus poderes mágicos con los mortales, inclusive con dos personas tan aptas como ustedes. Y tiene recelo de que la magia se use fuera de las tierras de Camelot.

Aun así, Morgana lo convenció para que ustedes pasen por la prueba de las cuatro misiones siguientes.

—¡Pero nosotros no sabemos hacer magia! —dijo Jack.

—¿Recuerdan lo que les dije en la última aventura? —preguntó Teddy—. Si trabajamos todos juntos...

—¡Todo es posible! —agregó Annie—. Pero acabas de decir que no vendrán con nosotros.

—Es cierto, por eso les trajimos *esto* —dijo Kathleen. Del bolsillo de la capa, sacó un pequeño libro hecho a mano y se lo entregó a Annie.

La tapa estaba hecha con un papel rugoso, de color marrón. Y en la tapa decía:

10
Rimas Mágicas
para
Annie y Jack
de Teddy y Kathleen

—¿Ustedes hicieron esto para nosotros? —preguntó Annie.

—Sí —respondió Kathleen—. Una línea de cada rima está en el idioma de Teddy y, la otra, en la lengua de los Hombres Foca.

Annie abrió el libro en la página del índice. Ella y Jack echaron un vistazo a la lista de rimas. Luego, Jack leyó algunas líneas en voz alta:

"Vuelen por el aire. Ablanden el metal.
Conviértanse en patos..."

—¡Qué lindo! ¡Nos convertiremos en patos! —dijo Annie, riendo sin parar.

—Ahora no —agregó Kathleen—. Deberán ser moderados con las rimas. Sólo hay diez. Tendrán que usarlas una a la vez, a lo largo de los cuatro viajes.

—¿Cuatro? —preguntó Jack.

—Sí —contestó Teddy—. Merlín dijo, que si en las cuatro misiones aplican las rimas sabiamente, les revelará los secretos para que ustedes mismos puedan hacer magia.

—¡Oh, cielos! —dijo Annie.

Jack guardó el libro de las rimas mágicas en la mochila.

—¿Adónde iremos en nuestra primera misión? —preguntó.

—Este libro de la biblioteca de Morgana los guiará —explicó Teddy, y se lo entregó a Jack. En la tapa, se veía una ciudad muy colorida, rodeada de agua.

Jack leyó el título en voz alta:

VISITA A VENECIA, ITALIA

—Oí hablar de Venecia —dijo Annie—. El año pasado, la tía Gail y el tío Michael fueron allí de vacaciones.

—Sí, fue y es una ciudad muy visitada —comentó Teddy—. Pero tú y Jack irán a la Venecia de hace doscientos sesenta años.

—¿Y qué haremos allí? —preguntó Jack.

—Merlín les ha preparado instrucciones con mucho cuidado —explicó Teddy. Y, del bolsillo de la capa, sacó una carta. —Léanla al llegar a Venecia —les dijo.

—De acuerdo —contestó Jack, guardando la carta de Merlín y el libro de Morgana, en la mochila.

—Esperen un momento —dijo Annie—. Si nosotros vamos a Venecia en la casa del árbol, ¿cómo regresarán ustedes a Camelot?

Teddy y Kathleen sonrieron y alzaron las manos. Ambos llevaban puesto un anillo de cristal azul opaco.

—Estos anillos mágicos pertenecen a Morgana —comentó Kathleen—. Nos servirán para regresar a casa.

—Recuerden —dijo Teddy—, sigan las indicaciones de Merlín con mucho cuidado. Si dan prueba de ser ayudantes sabios y valientes, él los llamará muy pronto.

Kathleen asintió con la cabeza.

—¡Adiós! ¡Buena suerte! —les dijo a Annie y a Jack.

Teddy y Kathleen besaron sus anillos. Pronunciaron unas palabras en voz muy baja y luego soplaron las sortijas.

Ante los ojos de Annie y Jack, los dos jóvenes magos fueron alejándose en el aire frío de la mañana, hasta que desaparecieron.

—Se fueron —dijo Jack, con un hilo de voz.

—Ya es hora de que hagamos lo mismo —dijo Annie. Jack respiró hondo. Luego, señaló la tapa del libro de Venecia.

—¡Deseamos ir a este lugar! —proclamó.

El viento empezó a soplar.

La casa del árbol comenzó a girar.

Más y más rápido cada vez.

Después, todo quedó en silencio.

Un silencio absoluto.

WILL OSBORNE

Mary Pope Osborne

Es autora de novelas, libros ilustrados, colecciones de cuentos y libros de no ficción. Su colección La casa del árbol, número uno en ventas según el New York Times, ha sido traducida a muchos idiomas y es ampliamente recomendada por padres, educadores y niños. Estos relatos acercan a los lectores a diferentes culturas y períodos de la historia, y también, al legado mundial de cuentos y leyendas. La autora y su esposo, el escritor Will Osborne, viven en el noroeste de Connecticut, con sus tres perros. La señora Osborne es coautora de la colección complementaria: *Magic Tree House®* *Fact Trackers*.

Sal Murdocca es reconocido por su sorprendente trabajo en la colección La casa del árbol. Ha escrito e ilustrado más de doscientos libros para niños, entre ellos, *Dancing Granny*, de Elizabeth Winthrop, *Double Trouble in Walla Walla*, de Andrew Clements y *Big Numbers*, de Edward Packard. El señor Murdocca enseñó narrativa e ilustración en el Parsons School of Design, en Nueva York. Es el libretista de una ópera para niños y, recientemente, terminó su segundo cortometraje. Sal Murdocca es un ávido corredor, excursionista y ciclista. Ha recorrido Europa en bicicleta y ha expuesto pinturas de estos viajes en numerosas muestras unipersonales. Vive y trabaja con su esposa Nancy en New City, en Nueva York.

Annie y Jack reciben una invitación del mago
Merlín, para pasar la Navidad en el reino de
Camelot junto al rey Arturo y sus caballeros.

LA CASA DEL ÁRBOL #29
MISIÓN MERLÍN

Navidad en Camelot

Annie y Jack entran en un castillo embrujado
con túneles peligrosos y fantasmas. Necesitan
armarse de mucho valor, sobre todo para
enfrentar al temible Rey Cuervo.

LA CASA DEL ÁRBOL #30
MISIÓN MERLÍN

Un castillo embrujado en
la noche de Halloween

El mago Merlín ha perdido su espada y les pide a Annie y a Jack que lo ayuden a rescatarla, enfrentándose a arañas y serpientes gigantes.

LA CASA DEL ÁRBOL #31
MISIÓN MERLÍN

El verano de la serpiente marina

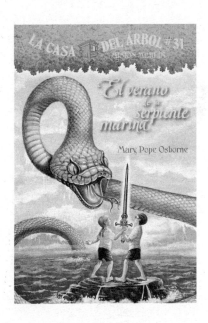